吉米随笔 精选

何锦明 著

陕西新华出版
太白文艺出版社

图书在版编目（CIP）数据

吉米随笔精选 / 何锦明著 . -- 西安：太白文艺出版社，2025.6. -- ISBN 978-7-5513-3023-7

Ⅰ．I227

中国国家版本馆 CIP 数据核字第 20258FQ483 号

吉米随笔精选
JIMISUIBIJINGXUAN

作　　者	何锦明
责任编辑	耿　瑞
封面设计	百悦兰策
出版发行	太白文艺出版社
经　　销	新华书店
印　　刷	北京一鑫印务有限责任公司
开　　本	880mm×1230mm 1/32
字　　数	60 千字
印　　张	7.375
版　　次	2025 年 6 月第 1 版
印　　次	2025 年 6 月第 1 次印刷
书　　号	ISBN 978-7-5513-3023-7
定　　价	68.00 元

版权所有　翻印必究
如有印装质量问题，可寄出版社印制部调换
联系电话：029-81206800
出版社地址：西安市曲江新区登高路 1388 号（邮编：710061）
营销中心电话：029-87277748　029-87217872

目录

回首 / 1

策马驰骋 / 2

结 / 3

心 / 4

宫阙 / 5

白水寨 / 6

人间情 / 7

恨 / 8

悔 / 9

落魄 / 10

老区 / 11

器重 / 12

新春 / 13

人生 / 14

静心 / 15

生命 / 16

三八节 / 17

桃花 / 18

茶酒 / 19

离别歌 / 20

新婚 / 21

网格工作 / 22

网格同心 / 23

酒意 / 24

品茶 / 25

分离 / 26

人生 / 27

路难行 / 28

红颜 / 29

因果 / 30

回家路多远 / 31

美人如诗 / 32

遗憾 / 33

出生 / 34

死亡 / 35

秋冬 / 36

菊园 / 37

盛开 / 38

小榄初冬 / 39

红颜伴 / 40

叹春秋 / 41

生 / 42

路 / 43

冬至 / 44

酒 / 45

三十秋 / 46

雪梅 / 47

知天命 / 48

春回 / 49

虎年庆 / 50

情人节 / 51

贺柯府 / 52

送友人 / 53

春回大地 / 54

女人花 / 55

春望 / 56

明前茶 / 57

豁朗 / 58

杏花 / 59

春茶 / 60

蹉跎 / 61

清明 / 62

四月天 / 63

五月初 / 64

娘 / 65

望月 / 66

送别 / 67

旅途 / 68

时不我待 / 69

过半百 / 70

观莲 / 71

玉泉 / 72

闲来赏景 / 73

过客 / 74

疗愈 / 75

三秋 / 76

缘分相遇 / 77

心敞开 / 78

同事缘 / 79

等待 / 80

送同僚 / 81

守岗静思 / 82

思念 / 83
尔吾情 / 84
青春逝去 / 85
回首 / 86
炎凉 / 87
祭 / 88
鸳鸯 / 89
想你 / 90
夜色禅心 / 91
痴 / 92
红颜泪 / 93
送姑娘 / 94
累 / 95
相思 / 96
傻 / 97
总结十八载 / 98
守护一生 / 99
孤独 / 100
失落 / 101
思念 / 102
赏月明 / 103
观张家界 / 104
凤凰城悠游 / 105
观东江湖 / 106

分离 / 107
为民 / 108
相聚 / 109
游庐山 / 110
观望仙谷 / 111
吾生 / 112
夜游宋城 / 113
无题 / 114
人际 / 115
桃花缘 / 116
尚霞 / 117
半生 / 118
望月思绪 / 119
夫妻 / 120
秋 / 121
一念永恒 / 122
友人来 / 123
前程锦绣 / 124
游 / 125
看雪 / 126
岁暮烟云 / 127
随尘 / 128
喜 / 129
退休 / 130

静看人间 / 131
聚 / 132
游子心 / 133
日月更迭 / 134
吾生 / 135
华夏春节 / 136
人近黄昏 / 137
北帝山 / 138
程阳八寨 / 139
苗都 / 140
游小七孔 / 141
温泉 / 142
开春三月 / 143
感叹 / 144
锦绣前程 / 145
天意 / 146
清风 / 147
风雨兼程 / 148
暴雨 / 149
新城 / 150
工作 / 151
路 / 152
坚持不懈 / 153
放空 / 154

和平世家 / 155
友人来 / 156
随我意 / 157
人生 / 158
征途 / 159
人生路 / 160
新征程 / 161
周末 / 162
落墨一念 / 163
风车山 / 164
童乐 / 165
辞旧赴新 / 166
敬平凡 / 167
人的一生 / 168
勠力 / 169
夏雨 / 170
瞭望 / 171
想霞 / 172
送霞一首 / 173
网格路 / 174
观三姐居 / 175
贵州行 / 176
黄果树瀑布 / 177
万峰林 / 178

游明仕田园 / 179

漫步沙滩 / 180

耕耘 / 181

正待每天 / 182

工作回忆 / 183

观桥 / 184

游七星岩 / 185

禅意 / 186

职责 / 187

于心有思 / 188

思乡 / 189

劳累 / 190

落叶 / 191

缘分 / 192

想圆梦 / 193

山谷静想 / 194

为民 / 195

观景 / 196

观稻 / 197

观万山 / 198

工作感悟 / 199

网格人 / 200

落叶 / 201

无心恋 / 202

敬业 / 203

莫问沧桑 / 204

方向 / 205

已非少年 / 206

思乡 / 208

尽心 / 209

脚印 / 211

奋斗 / 213

梦回家 / 215

品味人生 / 216

自强 / 217

耕耘 / 218

意义 / 219

坚守岗位 / 220

迎立春 / 221

清静 / 222

更好 / 223

无题 / 224

樱花 / 225

赏李花 / 226

春望 / 227

回首

十五载来,逐梦精彩。
顺其自然,花开花败。
人生得失,一笑而过。
笑人天真,笑己落寞。
人生逆旅,我亦行人。
浪涛奔腾,洒脱红尘。

2020 年 1 月 3 日

策马驰骋

神州同心协力忙,
鹏城大地迎辉煌。
不辞劳苦挽起袖,
全力以赴斗志昂。
中国复兴写春秋,
泱泱华夏耀荣光。
我辈奋斗且不懈,
策马驰骋战沙场。

2020年3月19日

结

十五年来,还是起跑。
顺其自然,阳光普照。
再添得失,回眸一笑。
笑人笑己,已然冰消。
莫道逆旅,遇河搭桥。

2020 年 12 月 1 日

心

让网格员心安的，是理解，是信任。
让网格员幸福的，是宽容，是情真。
让网格员成长的，是责任，是持恒。
让网格员成熟的，是经历，是首肯。

2020年12月2日

宫阙

脚踏蟠龙洞中观,
天上宫阙驻清欢。
溶洞奇胜似峥嵘,
鬼斧神工千秋共。
洞奇诡异风骚矣,
百态千姿总有意。

2020 年 12 月 3 日

白水寨

崇山峻岭藏清溪,
一年四季水长流。
犹闻鸟语百花香,
白水寨里似故乡。

2020 年 12 月 4 日

人间情

大千世界荣枯景,
黎明过后便平明。
冬来物华染霜冰,
再上层楼望凋零。
昔日同行称同僚,
今朝落魄似落英。
北风得意彻骨寒,
一日看尽人间情。

2020年12月28日

恨

提笔落墨万书卷,
何事人间月未圆。
昔日得失正分段,
而今前程恨太乱。
总是凡尘惆怅客,
知恨未止太绵延。
来去未息此中意,
恨亦不得谁成全。

2020 年 12 月 28 日

悔

不直面，终因困难不前，
当醒悟，机遇早已不见。
回头想，行动不能再等。
望着地，真是无地自容，
望着天，只余一切成空。

2020 年 12 月 28 日

落魄

昔日共事同奋进，
岂料世事几经迁。
一朝落魄风雨紧，
半生随缘慕清莲。

2020 年 12 月 28 日

老区

脚踏老区增气概，
再添新意向未来。
遥望延绵数里路，
生活画卷自精彩。
似把怀旧当穿越，
来回思忆在脑海。
待到明日红旗飘，
又是凯旋心不改。

2021年1月11日

器重

勤岗倾尽两鬓白，
为民服务民爱戴。
得失往来总坚持，
不改初心为大众。
花朵一岁败又开，
韶华不负笑匆匆。
换得心中一片晴，
自我升华不言颂。

2021 年 1 月 31 日

新春

新春佳节普天庆,
繁花争艳贺新禧。
与君不负好春光,
倾听花语解人意。
人潮涌动何处去?
但听台上粤剧戏。
又是一年好时节,
喜乐常伴无须觅。

2021 年 2 月 12 日

人生

人生岂尽如人意,
万事但求半称心。
大江东去不复还,
旭日高照暖我身。

2021 年 2 月 14 日

静心

茶中思考茶中意，
一杯茶品人生事。
人生百态已心明，
佛能洗心茶能涤。
静中不觉世间愁，
不应自我持偏执。
缺月阴雨若不动，
我自向阳总相宜。

2021 年 2 月 15 日

生命

人生不过眨眼间，
生命只是一呼吸。
几多风雨坎坷路，
冷暖自知心中痴。
自古伤秋悲落木，
总有晚霞知我意。
得失寸心虽有时，
半生年华笑世事。

2021 年 2 月 16 日

三八节

春暖花开凡间美，
万紫千红三八节。
绵绵春雨润万物，
风吹油桐花如雪。

2021 年 3 月 8 日

桃花

春回大地桃花开,
朵朵桃花似蝶来。
春风拂过花瓣落,
片片飞红入我怀。

2021 年 3 月 10 日

茶酒

酒下肚子墨潮涌,
酒上头来诗词题。
醉意上涌将欲眠,
琴弦月色茶相伴。

2021 年 5 月 12 日

离别歌

送你一杯酒,祝你前程似锦绣。
送你一杯茶,祝你前程乐无涯。
你轻轻地来,后又轻轻地离开。
羁旅悲喜共,再道声同僚珍重。

2021 年 5 月 24 日

新婚

百年修得同船渡，
千年修得共枕眠。
夫义妻顺家和谐，
满堂子孙家脉延。

2021 年 5 月 25 日

网格工作

千家万户走,为民解忧愁。
与君共相邀,今夜上层楼。
不悔付出时,不负心所求。
灯光渐次亮,温馨度春秋。

2021年6月15日

网格同心

网格逐尘月与星,

谁见踏破铁鞋行。

纵有困难阻前行,

福海网格挽长缨。

2021 年 6 月 25 日

酒意

酒意诗情叹人生,
泪洒光景不苦等。
爱花爱酒吟诗词,
写尽人间真与诚。

2021 年 7 月 23 日

品茶

古韵聚茶香,
觉回世桃源。
半举杯中茗,
寄与爱茶人。

2021 年 7 月 25 日

分离

人间有缘总相遇，
深情厚谊心中留。
虽然不能并驱走，
唯祝大家福安康。

2021 年 7 月 26 日

人生

人生来回一趟几十载，
多少年来风雨叹流年。
如今退休岁月享悠闲，
祝愿幸福快乐每一天。

2021 年 8 月 17 日

路难行

道难上青天,我亦已自知。
泪含一杯酒,何须千载记。
我生亦有命,怀才惜不遇。
人生路漫漫,失意不失志。

2021 年 8 月 30 日

红颜

红颜琴弦绕山鸣,
知己月色伴乐临。
月下酒逢知己饮,
诗向红颜会人吟。

2021 年 9 月 13 日

因 果

前世的情分，
今世的缘分。
待鲜花盛开，
清香报恩来。

2021 年 9 月 27 日

回家路多远

十五南征飞,五五始得归。
返乡情似酒,脚步千斤重。
道遇乡长者,怯问今如何?
遥望乡春秋,泪流如泉涌。

2021 年 10 月 4 日

美人如诗

柳腰秋风过，落叶随香飘。
淡媚如秋水，玉颜冰肌俏。
一笑百媚生，四美俱无颜。
千载偶相遇，悦目如诗篇。

2021 年 10 月 19 日

遗憾

人生在世不称意,
壮志凌云遇长夜。
一生憾才高运蹇,
弃憾秋风扫落叶。

2021 年 10 月 24 日

出生

一哭惊断往生痕，
睁眼满目陌生脸。
娇嫩生命娘枕边，
婴儿粉琢惹人爱。

2021年11月2日

死亡

天不言而四时行,
地不语而百物生。
花开花落终有时,
生生死死亦有时。

2021年11月5日

秋冬

秋风秋雨兆丰年,
草木落叶知秋来。
不负春夏一片心,
秋冬继续展精彩。
日短夜色凉如冰,
丹心依然如水清。
北风打杏叶纷纷,
惜取心中一缕静。

2021年11月14日

菊园

漫步榄菊冬园似春，
微风满目色彩交融。
冬日小榄缤纷花海，
吾身飘香世外桃源。

2021 年 11 月 25 日

盛开

名花南国独自欢，
常得百姓带赞观。
人间葭月百花败，
小榄菊花始盛开。

2021 年 11 月 25 日

小榄初冬

待到冬之葭月末，
菊花开后百花杀，
四溢香阵透小榄，
满城尽带黄金甲。

2021 年 11 月 25 日

红颜伴

喝酒之意不在酒,
清欢在之山水间。
红颜相伴林间行,
晴天闲游天露山。

2021 年 11 月 26 日

叹春秋

春风春雨始更新,
秋风秋雨迎丰收。
春风春雨微抚叶,
秋风秋雨叶飘飞。

2021 年 12 月 5 日

生

落地而哭不知情，
往后爹娘命予名。
一往无前人生路，
求得明日多清宁。

2021 年 12 月 19 日

路

路尽之时定有路,
世有暖时亦有寒。
最是因缘与际会,
归去新征路漫漫。

2021 年 12 月 19 日

冬至

细雨天上来，
紫荆心语善。
愉悦迎隆冬，
不经冬至寒。

2021 年 12 月 21 日

酒

一杯美酒入吾喉，
笑看人生苦与愁。
清茶美酒佳人伴，
无惧岁月霜鬓染。

2021 年 12 月 28 日

三十秋

不见同窗三十秋,
母校一别各东西。
缘聚畅饮情如旧,
重逢萧疏鬓已斑。

2022 年 1 月 1 日

雪梅

历尽寒冬望春来,
谁说梅花没有泪。
梅花爱雪雪不懂,
开在雪中来做伴。
佳人相伴梅间行,
雪落梅花似蝶会。
抬举酒香为谁醉,
不枉此生梦一回。

2022 年 1 月 23 日

知天命

人过五十皆觉悟，
花开花败无和有。
万事兴衰皆有数，
半生浮名莫添愁。

2022年1月25日

春回

花开花落送岁月，
春回大地换新装。
冬去春来万物生，
满眼百花迎岁虎。

2022 年 1 月 30 日

虎年庆

寅年春风吹满地，
万物更新已复苏。
子时忽闻鞭炮声，
爆竹除旧春到户。
虎年虎气致吉祥，
喜庆佳肴总频出。
意浓情暖相聚欢，
好运年年春风驻。

2022年2月1日

情人节

二月十四月又圆,
立新湖畔情侣多。
两情久长成眷属,
愿景何须再言说。

2022 年 2 月 14 日

贺柯府

新居进住百花放,
柯润府宅出栋梁。
延园春色人长寿,
家运源远且流长。

2022 年 2 月 15 日

送友人

鹏城春雨涤红尘,
南道青青春意真。
劝友尽兴杯中酒,
车出鹏城无故人。

2022 年 2 月 21 日

春回大地

阳春三月新景至,
万物复苏正合时。
大地春雨如酥来,
万草千花一晌开。
三月春风燕子逐,
成双成对双飞数。
翩翩起舞轻掠过,
叽喳呢喃处处多。

2022 年 3 月 5 日

女人花

春回艳香三月八,
南国佳人仙子逢。
倾国倾城名花美,
女人如花花似梦。

2022 年 3 月 8 日

春望

踏春好去处，
城乡浪逐浪。
再逢花盛日，
冬去天晴朗。

2022 年 3 月 21 日

明前茶

春雨柳丝润茶田，
枝头银芽处处芳。
茶女巧手采云华，
遍山茶香阵阵传。

2022 年 3 月 26 日

豁朗

几多风雨征途中，
风雨过后迎彩虹。
此心月明纵独照，
酒盅飘香笑春风。

2022 年 3 月 26 日

杏花

春暖相拥杏花春,
梅花已谢杏花新。
疏疏雨丝弄斜阳,
新疆伊犁杏花香。

2022 年 3 月 27 日

春茶

脚踏茶山茶无涯,
茶姑采茶满千筐。
野泉泡茶香飘溢,
醉了茶人香春山。

2022 年 3 月 27 日

蹉跎

三千愁绪染雾鬓，
有志曾于舞象年。
空叹青春不复还，
莫见君王来顾看。
如今壮志仍未酬，
抬眼仰天暗泪含。
往事如棋方大梦，
人生几度添凄寒。

2022 年 4 月 4 日

清明

清明山河秀,
凤山踏青慢。
萧条七沥墓,
绿水绕青山。

2022 年 4 月 5 日

四月天

人间四月春耕忙,
梨花桃花始盛开。
千朵万朵压枝头,
春风抚柳蝶自来。

2022 年 4 月 9 日

五月初

黑云压城五月初,
立夏将至雨纷纷。
斜风细雨且敞怀,
万柳垂下丝绿深。

2022年5月2日

娘

十月胎中怀,
不惧春与秋。
儿女出娘胎,
娘忧九十九。

2022 年 5 月 8 日

望月

望月思故人，
我心住着卿。
月华映我心，
思卿望月明。
若心两相印，
共赏月晚晴。

2022 年 5 月 21 日

送别

君与网格别，
一生网格人。
四海皆兄弟，
此后仍比邻。
网格催岁月，
一笑缘与因。
吾藏一老酒，
欲以赠远人。
愿君留斟酌，
以念兄弟亲。

2022 年 5 月 25 日

旅途

晴空万里长天高,
人生沉浮一叶舟。
荆途万里有知己,
清莲玉立自贞刚。

2022 年 5 月 25 日

时不我待

电闪雷鸣进街巷,
暴雨倾盆伴灯光。
吾身窗前鬓如霜,
茧丝缘愁似个长。
岁月无情眷恋轻,
可堪回首惜才望。
狂风吹尽满枝叶,
满腔抱负泪盈眶。

2022 年 7 月 3 日

过半百

半百又五载，
骄阳生晚霞。
随年笑意退，
逐日添疾垮。

2022 年 7 月 16 日

观莲

微风拂莲花，

感叹自无涯。

兴舟泛荷中，

误入莲花家。

雾里看花蕾，

亭亭出水画。

红颜美酒伴，

醉过饮淡茶。

2022 年 7 月 30 日

玉泉

四周峰谷一玉泉,
春夏秋冬好风景。
玉泉叮咚鸟儿鸣,
水汽氤氲似仙境。

2022 年 9 月 21 日

闲来赏景

闲来云雾山赏秋,
无数峰峦远近间。
娘子相伴丛林涧,
但闻水声人流连。
仰望不息山河泪,
落涧流为一股泉。

2022 年 9 月 24 日

过客

经年风雨荣与枯,
得失随心且赶路。
过尽千帆到天涯,
散去忧愁共朝暮。
同是尘世间过客,
莫论得失皆随缘。
历尽浮生情与故,
笑道人间疾与苦。

2022 年 10 月 4 日

疗愈

无情误多情，
三秋悲风声。
心绪绕易乱，
雨过总天晴。

2022 年 10 月 4 日

三秋

秋日秋月彩缤纷，
秋雨秋风落叶飘。
落叶三千飘万里，
百花泪落暖心少。
事不过三人自知，
心怀善意定然昭。
人生百劫转千回，
泪流酒杯茶盏敲。
此去心境终会转，
心霾散尽见朝阳。

2022 年 10 月 18 日

缘分相遇

前尘缘定今生遇，
萍聚萍散亦是缘。
纵使前尘缘已尽，
情深弯月总向圆。
来往相遇非巧合，
总有缘分在牵线。
缘遇相视可同频，
心有灵犀欢乐源。
却道缘分无定时，
如今相遇风景变。

2022 年 10 月 23 日

心敞开

北风呼啸几春秋,
梦里辗转又西楼。
天涯再远思还乡,
寒风猎猎闻梅香。
年年春节异乡悲,
烟雨蒙蒙落衣袂。
缘来缘去为何事,
世间冷暖且自知。
寒风瑟瑟心敞开,
春暖花开好运来。

2022 年 12 月 22 日

同事缘

修善结缘幸有期,
奈何渡口亦相惜。
同心逐梦共奋进,
不惧前路万里远。

2022 年 12 月 26 日

等待

人间凉薄使人愁,
此情绵绵未可休。
一朝释怀满目春,
送别冬冷再逐尘。

2022 年 12 月 31 日

送同僚

饮下一杯又一杯,
喝干一壶又一壶。
酒送同僚难断离,
流水岁月留不住。

2023 年 1 月 2 日

守岗静思

一年到头未曾停,
日出日落网格行。
十又八载炼耐劲,
为你月圆为你晴。
年年过年异乡梦,
天地日月可共鸣。
回望故乡千里外,
思乡心语与谁听。

2023 年 1 月 21 日

思念

彻夜相思成辗转，
梦之梦之梦又断。
梅花凋落太怜惜，
想来亦有流泪时。
入了心已忘不了，
动情且为卿一笑。

2023年2月11日

尔吾情

澳洲美酒香透窗，
玉杯盛来宝石光。
喝下人间浮华事，
一杯美酒莫言迟。
百年身后事终定，
云游天门西边静。
落叶落花谁在意，
寒风暴雨望雨思。
唯有对酒抚琴声，
月亮长照尔吾情。

2023 年 2 月 20 日

青春逝去

红颜白发青春逝，
春往秋来合与离。
日出日落似人生，
花开花谢花似梦。
青山绿水弦将奏，
古今往事几春秋。

2023 年 3 月 19 日

回首

一路风雨过后晴，
肩负人民安全行。
历经岁月着工装，
蓦然回首两鬓霜。
纵然人间千般苦，
磐心依然经得住。
人生来时烟雨蒙，
何妨笑意清欢共。

2023 年 3 月 28 日

炎凉

高举杯中无情酒,
世间再无有心人。
看尽人生冷与暖,
尝尽甜苦笑红尘。

2022 年 3 月 31 日

祭

人间四月雨绵绵,
缅怀故人祭祖先。
子孙不忘根之源,
四方归乡代代传。
华夏传承永不忘,
伫立碑前谢娘恩。
坟前供奉茶酒肉,
万语千言化冥钱。

2023 年 4 月 1 日

鸳鸯

千年修来命相同,
月老牵线定一生。
人生百味共尝尽,
老来相扶度余生。

2023 年 4 月 5 日

想你

遇上你是我的缘,
唯愿情深缘不浅。
虽不求天长地久,
但只愿今生拥有。
前世五百年回眸,
今生擦肩添闲愁。
遇上即是最美缘,
往后余生且随缘。

2023年4月21日

夜色禅心

天天工作逐尘梦，
自在写意朝夕中。
壮志雄心常还在，
晚霞亦能满天红。

2023 年 4 月 26 日

痴

满腹经纶爱写诗，
思维活跃心自知。
酒下肚皮挥笔闯，
世人个个笑我狂。

2023 年 4 月 28 日

红颜泪

谁说红颜没汗水,
滴滴雨花汇成河。
谁说红颜没有泪,
暗藏心房不言说。

2023 年 5 月 5 日

送姑娘

送女一叶轻舟行，
一帆风顺皆遂心。
远行且有微航灯，
前途无量更欢欣。

2023年5月8日

累

几两碎银添闲愁，
劳劳碌碌何时休。
若问部门谁最苦，
网格汗水吾心书。
花开花谢如一梦，
山水一程烟雨蒙。
网格历经多劳累，
眼看浮云不流泪。

2023 年 5 月 21 日

相思

绞尽脑汁,落笔是你,
仰望星空,梦中是你。
行遍人间,尽头遇你,
岁月为笔,落墨相思。

2023 年 5 月 27 日

傻

思多烦心心易乱，
凡事通透心会凉。
脚若踏深须早醒，
茶味各异自飘香。

2023 年 6 月 1 日

总结十八载

十八载老,仍处起跑。
顺其自然,微笑驱愁。
人生得失,无非悲喜。
笑人天真,笑己浮沉。
匆匆征程,日落月升。

2023 年 6 月 2 日

守护一生

三千繁花映衬你,
为你心动为你痴。
舞文弄墨告天下,
许卿一生好荣华。

2023 年 6 月 15 日

孤独

举杯望月无友朋,
低头默然把酒分。
月下孤灯客未眠,
满怀愁绪文墨宣。
人生路上皆过客,
一曲禅音淡对错。
无惧经年风和雨,
最是撇脱散与聚。

2023 年 6 月 20 日

失落

网格工作路,
我独不得出。
风华仍正茂,
何不敞襟袍?

2023 年 6 月 22 日

思念

前生相约来生见，
今生相遇手难牵。
吾愿等你一千载，
来生轮回再续缘。

2023 年 6 月 22 日

赏月明

今生得为人,

却个个都不算完美。

干事情,

任何人都难以周全。

与人相处,

相互理解,

相互支持,

相互鼓励,

相互尊重,

彼此善待。

任何事都留有余地,

则未来的美好尚有一席之地。

包容总能解决问题,

困难总能迎刃而解。

无欲无求度余生,

静品美酒赏月明。

2023 年 7 月 3 日

观张家界

久闻张家界景美,
故自驾远来云游。
踏青岩山入云端,
三千奇峰迷人眼。
脚踏浮云天上行,
鬼斧神工景如画。

2023 年 7 月 5 日

凤凰城悠游

凤凰城里休闲游,
烟柳成行江自流。
夕阳落幕凤凰舞,
城中灯火韶华驻。

2023 年 7 月 7 日

观东江湖

一湖碧水与天接,
两岸青山绿水宜。
古往今来多游人,
鬼斧神工知人意。

2023 年 7 月 8 日

分离

今朝相顾难舍离,

忐忑心绪泪涟痴。

回首昔日叹旧事,

思绪万千随风至。

2023 年 7 月 15 日

为民

人生为民去脱贫,
网格年年俱辛勤。
不言网格待何人,
但见为民工作紧。
为民不可行忽悠,
额背汗流天下忧。
纵使青春将欲尽,
街巷之间终为民。

2023年7月24日

相聚

兄弟难得聚一场，
痛饮千杯又何妨。
日常相逢短又难，
今晚酒醉诉衷肠。

2023 年 8 月 6 日

游庐山

庐山索道云中游，
有缘悠游消闲愁。
脚踏庐山欣真面，
仰望瀑布数春秋。

2023 年 8 月 24 日

观望仙谷

源于东汉望仙谷,
奇峰异石入眼眸。
建筑奇险艺术风,
工匠精神盖世功。
今夜登高且远望,
夜景蔓延饰辉煌。
鸟语花香溢精彩,
一年四季客云来。

2023年8月25日

吾生

吾生今世路蜿蜒，
半梦半醒盼成仙。
是非功过终成空，
一壶清茶品味中。

2023 年 8 月 25 日

夜游宋城

江南宋城古韵浓，
客家摇篮色泽红。
江面华灯染缤纷，
皎皎月光照归人。

2023 年 8 月 26 日

无题

无人与吾聊家乡,

无人为吾添茶香。

无人与吾解孤独,

无人愿听吾倾诉。

无人明吾心烦忧,

无人解吾心闲愁。

2023 年 9 月 3 日

人际

半梦半醒日复日,
花开花落花飘逸。
谁能一马平川前,
荆棘坎坷年复年。

2023 年 9 月 4 日

桃花缘

命中若有桃花香，
何处不是百花乡？
随风看尽人间玉，
缘来缘去总相遇。

2023 年 9 月 15 日

尚霞

日思夜想乃尚霞,
奈何月老远天涯。
吾愿等你一百世,
惜得一生与你缘。

2023 年 9 月 17 日

半生

一场秋雨一场寒,
夏去秋来又一季。
半生风雨半身伤,
半世风霜染白头。

2023 年 9 月 25 日

望月思绪

人间十五月又圆，
身在异乡家难回。
举头望月心难平，
爱岗敬业泪两行。
国泰民安同望月，
和谐共生共团圆。

2023 年 9 月 29 日

夫妻

夫妻一生相扶持，
风雨艰苦仍共济。
平安喜乐历春秋，
同心携手共白头。

2023 年 10 月 4 日

秋

一花一草一叶黄,
秋山秋水秋意浓。
网格网梦网过往,
一叹一笑一场梦。

2023 年 10 月 17 日

一念永恒

前世有缘今生逢,
人间相遇手难牵。
我愿等你三百世,
来生轮回续此缘。

2023 年 10 月 30 日

友人来

秋风秋雨友人来,
茶香四溢诉情怀。
静养心而诚养友,
心净心静随缘候。

2023 年 11 月 1 日

前程锦绣

廿载求学谓峥嵘，
离校洒泪惜匆匆。
还祝我儿鹏展翅，
也可一飞九万里。

2023 年 11 月 3 日

游

雨雪水上游,

听风看景秀。

岁月虽已过,

手挥文与墨。

2023 年 11 月 23 日

看雪

望雪,心不累。

观景,心不苦。

心静如水,静生智慧。

舍去执迷,解脱自我。

人间为利争不息,

繁华落尽都是空。

一朝脱得凡尘去,

飘雪天涯不朦胧。

2023 年 11 月 25 日

岁暮烟云

年年难过年年过,
异乡处处在漂泊。
转身回望来时路,
方知人生对和错。

2023年11月26日

随尘

冬的味道，
体现在寒冷。
网格人的故事，
写在四季里。
光阴似箭，
丢失的从来不是时光，
而是你碌碌无为的爱与彷徨。
情绪千千万万，
岁月流逝不还，
洗尽铅华梦不醒，
功名利禄随尘去。

2023 年 12 月 3 日

喜

郭邸喜庆瑞气和，
晓雯柔情增风韵。
浩贤才郎迎佳人，
情深意笃成伉俪。
百年好合情意长，
携手共度风帆扬。

2024年1月5日

退休

明年退休山河游,
世间风景从容看。
即使沙尘风暴虐,
吾亦乘风心境转。

2024年1月6日

静看人间

平静之心静看人间,
喜悦之心共水清浅。
温壶清茶净心静心,
闲听古筝涤荡凡尘。

2024 年 1 月 14 日

聚

今晚友人乐相邀，
兄弟相聚乐悠悠。
美酒佳肴入我喉，
笑看人间几多愁。
兄弟情义比海深，
痛饮千杯上层楼。
人生自有战同袍，
东风知晓渡轻舟。

2024 年 1 月 16 日

游子心

兄弟网格奔波行,
常年四季外出忙。
一身疲惫独自扛,
心中苦恼与谁诉。
一杯浊酒入愁肠,
回首往事尽沧桑。
夜深人静想爹娘,
无法尽孝在身旁。
家乡爹娘在一方,
朝思暮想泪两行。

2024 年 1 月 18 日

日月更迭

日出日落轮流转，
和平股份换新颜。
髻山人物依旧在，
今届新人亦精彩。
灯笼悬挂迎新春，
鞭炮欢鸣接村民。
家家笑声处处闻，
佳肴美酒品生活。
谈天说地一桌桌，
华灯璀璨千言烁。

2024 年 2 月 3 日

吾生

吾生走过数十载，
忙碌一生无建树。
尝尽路上苦与甘，
回首往事事事难。
风霜雨雪亦已炼，
何日放下才休闲。
品茶人生路漫漫，
几许回甘添清欢。

2024 年 2 月 4 日

华夏春节

鞭炮声中旧岁除,
万物复苏春风到。
中华大地喜庆祥,
民族团结璀璨辉。

2024 年 2 月 11 日

人近黄昏

单位十八秋,霜鬓倾淡酒。
爱恨十八载,同消此中愁。
初三观虎桥,万千心绪愁。
落晖照我身,余生潇洒走。

2024 年 2 月 12 日

北帝山

北帝山隐彩云间,
贵港山水来遇见。
帝峰竞秀神仙境,
峰秀石奇鬼斧颜。
脚踏栈道浮云处,
叠翠秀丽自流连。
我欲将心对青山,
此际何须万千言。

2024 年 2 月 17 日

程阳八寨

程阳八寨风雨游,
侗歌侗舞荡笙箫。
青山绿水绕八寨,
春夏秋冬客如潮。

2024 年 2 月 17 日

苗都

四面群山抱千户,
头顶青瓦连云彩。
宜人四季在苗都,
八方游客慕名来。

2024 年 2 月 18 日

游小七孔

贵州荔波藏七孔,
七孔奇观展峥嵘。
民族风情心门开,
万水千山迢迢来。

2024年2月19日

温泉

洗愁洗躁洗涤尘，
养心养性养容颜。
享受天赐乐悠美，
尽在咸水泡温泉。

2024年2月21日

开春三月

开春三月风雨驻，
初春总言在复苏。
山川万物花色盛，
髻山下望万家灯。
回首五十有五载，
铺开纸笺写风采。

2024 年 3 月 4 日

感叹

五十有五志渐衰，
回头感叹青春逝。
勤劳半生事无成，
满头乌丝变银丝。
窗外春雨总多情，
绵绵润物摇风铃。
为何只许春回去，
以往少年不再聚。

2024 年 3 月 9 日

锦绣前程

冬去春来百花盛,
祝兄高升心依旧。
锦绣前程春始开,
灿烂人生步辉煌。

2024 年 3 月 12 日

天意

来时哭啼去时悲,
人间一趟多唏嘘。
醉落凡间应欢聚,
离去有谁梦中叙。

2024 年 3 月 17 日

清风

坠入人间终日忙,
只为碎银续尘缘。
风雨半生尽沧桑,
尘世不甘且远航。
看清人间天下事,
两袖清风踏歌行。

2024 年 3 月 18 日

风雨兼程

酒伴春风十里香,
百花盛开是吾乡。
四月风雨总兼程,
花陪风雨心事轻。
风雨渡我写芳华,
与君乃谈诗酒茶。
提笔落墨多是泪,
难解世间醉乡愁。

2024 年 4 月 20 日

暴雨

乌云盖天末日狂,
狂风暴雨闹洪荒。
天漏不知何处补,
我祈一片好阳光。

2024 年 4 月 22 日

新城

乡村成片老旧房,
四周残缺倍凄凉。
百年沧桑待换装,
恭迎阁下新门窗。
拆旧建城住高楼,
迈入富裕无忧愁。
再向幸福梦乡路,
把酒邀月韶年驻。

2024 年 4 月 23 日

工作

工作日常事繁多，
满腹牢骚向谁说。
时常接受百样事，
日日但求少风波。
尽管风霜烟雨绵，
也寄春暖照人间。
不怨人间风尘扑，
笑看春秋荣与枯。

2024 年 4 月 30 日

路

小事大事适时悟,
半醉半醒梦难驻。
网格依旧我渐老,
余盼工作身体好。
加官晋爵已看淡,
花开花落不痴缠。
回首前尘多奢望,
日后中庸脱工装。

2024 年 5 月 6 日

坚持不懈

南方都市把根扎,
千辛万苦米到家。
工作环境虽艰苦,
不畏艰险迎荣枯。

2024 年 5 月 8 日

放空

抬头望月空心境,
万事原来皆有命。
旅途本是戏千关,
淡薄名利心自欢。

2024年5月10日

和平世家

吾家小区园林中,
一年四季翠绿葱。
鸟语花香映绿荫,
环境清幽美如画。

2024 年 5 月 10 日

友人来

繁花似锦友人来,
茶香四溢在茶斋。
静心以诚能养友,
自在随缘心无忧。

2024 年 5 月 12 日

随我意

工作道路都坎坷，
人人肩上都有责。
但得薪资足温饱，
再苦再累无怨尤。
何时借我随风笔，
尽抒胸中随我意。

2024 年 5 月 21 日

人生

走过，做过，阅过，
还是清廉的最美。
听闻，传闻，见闻，
还是安守本分的最好。
两笔写尽人的一生，
前半生写的是执着，
后半生写的是放下。
人尽管善良、廉洁，
福报都在来的路上。
能力不同，
生活不同。
放下执着，
浮生不过一场梦。

2024 年 5 月 28 日

征途

神情恍惚流年晃，
悲欢心事一桩桩。
离乡背井扑面霜，
工作劳累精神丧。
工作压力肩上扛，
苦笑背后多少忙。
举笔未提泪盈眶，
难为世事心里躺。
征路纵使风雷阻，
傲立苍穹不心慌。

2024 年 6 月 4 日

人生路

吾生过半事无成，
阅世间百味人生。
同事前路多灿烂，
勘破尘途解痴缠。

2024 年 6 月 11 日

新征程

而今毕业入职场,
心怀雄志梦起航。
环境换新应改变,
奋进征程勇向前。
大鹏长空展双翅,
再赴凌霄九万里。

2024 年 6 月 16 日

周末

难得浮生二日闲,
驱车汕尾愁易浅。
与君看云缀蓝天,
海天一色不见边。

2024 年 6 月 29 日

落墨一念

廿载工作漫无边，
想把烦心诉青天。
抛却闲愁云外天，
留落笔墨在人间。

2024 年 7 月 4 日

风车山

登临风车山之巅，
云海如画总连绵。
风车旋转妙音扬，
夏日故事与卿诉。

2024 年 7 月 6 日

童 乐

水中欢乐童心唤，
笑声朗朗心境转。
露天泳道湖水清，
儿童耍乐逍遥传。

2024 年 7 月 7 日

辞旧赴新

廿载工作雨和晴，
管理旧职总有情。
夏风扑面展宏图，
旧地辞行赴新途。

2024 年 7 月 10 日

敬平凡

回望往昔展风采，
方知工作过廿载。
回首从前工作事，
酸甜苦辣心自知。
性格决定人本身，
平凡一生却率真。
安稳不争平淡过，
网格平凡又如何？

2024 年 7 月 13 日

人的一生

人的起点是娘胎,
人的终点是墓园,
两者过程叫人生。
人啊,人生啊,
多思考事,少揣摩人,
看淡人生,活得精彩。

2024 年 7 月 20 日

勠力

工作烦琐坎坷路，
风雨春秋已几度。
夜深人静望明月，
思绪万千鬓霜雪。
为儿前路做榜样，
纵然奔波岁月长。
不负人生不负梦，
此去征路勠力程。

2024 年 7 月 21 日

夏雨

夏雨如银丝,
植物低绿枝。
夏风不相识,
细雨知我意。
晨来髻山雨,
雨落寄情痴。

2024 年 7 月 28 日

瞭望

深圳城之东,

中山城之西。

摩天轮瞭望,

江岸一色系。

2024 年 7 月 31 日

想霞

品茶望景闲无事，
虽在望景亦思你。
独品淡茶却无味，
我在望景亦想你。

2024年8月4日

送霞一首

车尚霞美自有华，
勤劳致富行业强。
十指粗粗不化妆，
素颜靓丽人无双。

2024 年 8 月 4 日

网格路

不知不觉五任历,
流水领导秋已立。
岁月无声匆匆过,
时光廿载无对错。

2024年8月9日

观三姐居

参观宜州三姐居,
山清水秀眼尽收。
满眼风光列画图,
文人墨客留墨迹。

2024 年 8 月 10 日

贵州行

撒脱红尘暂消愁,
休假无事觅清幽。
山水不移人自移,
自醉千里河山里。

2024 年 8 月 11 日

黄果树瀑布

女娲补天天际漏，
天空传来霹雳崩。
抬头仰望挂绸纱，
洪水喷薄万丈渊。

2024 年 8 月 12 日

万峰林

山河奇峰田园亲，
独钟贵州万峰林。
天下群山千百态，
唯有此处醉人心。

2024 年 8 月 13 日

游明仕田园

木繁蔗熟鸟争鸣,
石桥流水浪柔轻。
群峰田园欣悦走,
客似云来画中游。

2024 年 8 月 14 日

漫步沙滩

碧海蓝天白浪翻,
人头攒动聚沙滩。
海风轻柔吹拂面。
闲游漫步静心欢。
放下工作千万事,
唯余沙净寸心间。
休闲漫步好风光,
提笔弄墨眺远方。

2024 年 8 月 16 日

耕耘

勤奋不在语言多,
默默耕耘自坦然。
好事回甘总多磨,
花开芬芳幸福来。

2024 年 8 月 21 日

正待每天

工作态度不造作,
乐观看待天天过。
静而不争默耕耘。
笑看是非与对错。

2024 年 8 月 22 日

工作回忆

网格精神,
存在心里。
过去的阅历,
写在日记里。
岁月成匆匆过客,
失去的从来不是年华,
而是恋恋不舍。
清风一拂,
拂起多少人生的记忆。
人生啊,
本是一场修行,
修行是对良心的交代。

2024 年 8 月 26 日

观桥

海岸风光争秀色,
游轮已到港珠澳。
世纪工程华夏笑,
长龙摆尾化虹桥。

2024 年 8 月 31 日

游七星岩

人间仙境七星岩,
奇山秀水抵万言。
游人千里迷鹤径,
山水之间任逍遥。

2024 年 9 月 1 日

禅意

五句禅心随，
望月髻山陲。
兴来每独往，
凡事莫迷惘。
尽抛尘世缠，
终得人生禅。

2024 年 9 月 1 日

职责

五十又五霜鬓久，
强驱身体不肯休。
工作责任万斤重，
依然屹立风雨中。

2024 年 9 月 6 日

于心有思

用平常心悉知，

工作中处世哲学。

用责任心感知，

工作中职业责任。

用平和心适应，

工作中如鱼得水。

用自我心明悟，

工作中善待自己。

用感恩心感悟，

人生中生命真谛。

人生中不争不抢，

工作中不焦不躁。

2024 年 9 月 12 日

思乡

离乡背井因乡穷,
中秋临近思乡浓。
肩上压力千斤重,
养家糊口难放松。
天台细语顺风寄,
轻哼乡曲梦乡中。

2024 年 9 月 13 日

劳累

酸甜苦辣自己尝,

喜怒哀乐自己扛。

昼夜不息太匆忙。

奔波四季继续闯。

2024 年 9 月 15 日

落叶

秋分的味道,
写在景色里。
网格的故事,
写在四季里。
抬头望,
秋天不语叶金黄,
落叶无声摇曳扬。
淡看网格烦琐事,
抬头望树笑几声。

2024 年 9 月 25 日

缘分

前生约聚,
今生相遇。
驻足有感,
无分有憾。

2024 年 9 月 26 日

想圆梦

心中有梦有祈愿，

何年何月把梦圆。

房管半生勤牛马，

惜已霜鬓送韶华。

2024 年 9 月 27 日

山谷静想

峥嵘岁月且向静,
盼持安稳世间晴。
秋风悠然过群山,
心有安处心自宽。
似是故人携酒来,
黄昏时分倍感怀。

2024 年 10 月 3 日

为民

份份工作都艰辛,
人人心中人民亲。
生存与责逐梦赶,
再苦再累亦要干。

2024年10月6日

观景

望景绵延，
听风无言。
思绪万千，
自在心间。

2024年10月14日

观稻

秋风秋色秋叶落,
沉甸稻穗满山果。
自驾连山人渐近,
稻浪摇舞笑语深。
凝望稻浪层层延,
仿若画卷徐徐展。

2024 年 10 月 14 日

观万山

雨后观万峰争霸，
仿如现千军万马。
青山绿水延绵远，
群山叠翠入画中。

2024 年 10 月 15 日

工作感悟

工作偏偏多烦恼，
坚持总会淡忧愁。
逢错但求终改过，
燃烧心中冬日火。
若累且将心放平，
闹中仰天心即静。
几多风雨成往昔，
我自虔诚守情痴。

2024年10月17日

网格人

廿载已过,
风景入秋。
秋风秋色秋叶黄,
叶也悲,风也鸣。
看市看区看流年,
哪有路不难?幸福在前方。
成立廿载来,
发展缤纷多彩。
今又见落叶随风飘,
此时枯,何时新芽冒春意。
岁月正待回甘。
梦醒不知憔悴,
千头万绪,明月送人回。
一路走来不优秀,
埋头苦干不虚伪。

2024年10月21日

落叶

秋色金满园,
蝶飞秋风旋。
满目秋日景,
难舍夏日晴。

2024 年 10 月 23 日

无心恋

落叶晚秋秋思萦，
流水匆匆随舟行。
尤为无心做过客，
向阳不分右与左。

2024 年 11 月 7 日

敬 业

默默耕耘在付出,
只为幸福能停驻。
不觉寒冬味道浓,
瑟瑟身影在风中。
几度网格情与事,
尽皆写于四季里。
网人大爱敬业时,
烙在辛勤劳动里。

2024 年 11 月 15 日

莫问沧桑

莫问工作多少年，
岁月沧桑悄留痕。
感受岁月风霜雨，
笑看景色四季轮。

2024 年 11 月 21 日

方 向

一首诗是一个人的灵魂，
是一缕晨光，一朵向日葵。
它替我指明方向，
望着旭日东升，
留住美好向往。

一首诗，在我脑海中沉浮，
一些词，在我文字中描写人生。

诗词如冬日暖阳，
温暖你我，
这个冬天不会冷。
诗词又如路边的一朵小花，
灵动有韵，
开在你我心房，
在网络中架起友谊的桥梁。

2024 年 11 月 25 日

已非少年

人口管理工作,
迈进第二十载。
没心机的我,
不曾停歇,
勤勤恳恳,演变平凡更平凡。
一个个脚印,
一项项工作,
一段段经历,
不问归期只管风雨兼程。
人老了,
跌跌撞撞奔五十六了,
回想曾经,
今鬓如霜。
总以为自己还年轻,
同事前后,
总吹嘘风华正茂,
却忽略了岁月的脚步。

当爬上楼顶，
望着美丽夜景，
寒风呼啸而过，
一切变成了回忆。
工作还是那份工作，
岗位还是那个岗位，
耕耘廿载，
今天的我还是昨天的我。
今晚，
眼含泪，
思索着，望着远方，
却忽然发现，
工作、风景依然在，我已非少年。

2024 年 12 月 4 日

思乡

明月下的思念，
家乡妻儿老小。
冬来年将近，
愿所念人福安康。
静立静心思往事，
一阵心酸涌心头。
天寒地冻手脚冷，
身在异乡无人问。

2024年12月9日

尽心

工作随缘,
每天上班提醒自己,
工作是可以遇见的美好,
是人生旅途一道美丽的风景线。
工资不要去纠结,
不要花时间去计较,
努力做好,
才是重要。
人生没有如果,
工作亦是。
道路,
你选了方向,
继续前进,
岁月不会回头,
请珍惜当下。
静下心来,
曾经的事,

笑笑而过。
现在的事，
尽心尽力。
以后的事，
一切随缘。

2024 年 12 月 18 日

脚印

回忆时,
遇上大雾弥漫,
我走了许久,
雾,依然没有消散。

踏上层层阶梯,
再也没有人声鼎沸的气息。
所有都随着寒风过去,
都化为脚印印在石板上,
落在人的心中。

今天,
带着忧郁的心情,
回到河源。
望着连绵不绝的青山绿水,
默默瞭望着、想着、沉默着,
一天就是三百五,

没必要那么拼。
工作不开心，
也不要把坏情绪带到生活中，
要走的始终留不住，
宛如傍晚的斜阳与春秋的荣枯。

2024年12月20日

奋斗

人，人生，脚下的人生路，
旅程像一条山溪，
蜿蜒曲折流淌，无尽头。
脚下每一步都是汗水、泪水，
饱含喜怒哀乐、挫折与成功。
终究要学会坚忍与顽强，
把握住的眼前才是通向
未来的方向与桥梁。

人，心中的梦想，
希望，在未知的远方。
勇敢探险，
充满挑战，
让人生充满色彩，
让前方的未来看得见。
山再高，
只要肯攀登，

终会登顶。
脚下的路，
还在远方的远方，
只要勇敢前行，
梦想终究会实现。

人，为什么要奋斗？
江河湖海不缺一滴水，
森林不缺一棵树，
大地不缺无名小草，
单位更不缺你一人。
假如你没梦想，
不努力奋斗，
回首时候，只有泪水。
除此之外，一无所有。
这就是为什么要奋斗！

2024 年 12 月 25 日

梦回家

寒风瑟瑟夜已深，
抬脚登梯敲门问。
年关将至在天涯，
漂泊游子梦回家。
家中父老总牵肠，
天涯浪子尚漂泊。
梦远追逐尚可至，
莫待悔恨空自知。

2024 年 12 月 26 日

品味人生

静品茶茗想前程，
闲坐回甘于鹏城。
曾经往事归尘埃，
春来喜迎百花开。

2024 年 12 月 27 日

自强

花能再盛开,
蝴蝶自然来。
人生努力中,
幸运与精彩。

2025年1月6日

耕耘

工作从不留明天,
风雨骤来无怨言。
只为平安家万千,
笑脸相逢喜相迎。

2025 年 1 月 11 日

意义

人生的意义,
简而言之,
在于一呼一吸之间。
在人生路上,
扮演自己的角色,
别介意别人评价。
我风雨兼程的抉择,
应是拥有一颗平常心,
幸福终将送来一封
未来要签收的喜悦的信。

2025 年 1 月 16 日

坚守岗位

星夜辖区频回首，
路灯深夜染高楼。
十室灯熄渐返乡，
不负亲恩消闲愁。
我亦望月情如酒，
且为万家去坚守。
春有播种秋丰收，
韶年如花梦回眸。

2025 年 1 月 22 日

迎立春

龙腾狮跃迎立春,
万物复苏再逐尘。
从此和平展宏图,
花开富贵四季足。

2025年2月3日

清静

春风吹绿泉水清,
绿水青山鸟语鸣。
远离是非山清幽,
闲中沏茶待挚友。

2025年2月5日

更好

莫道年岁老,
开春无限好。
重整旗鼓拼,
举杯意更劲。

2025 年 2 月 6 日

无题

涓流不语润青田，
一意孤行二十年。
繁星不逝光恒照，
弱木频摇根自坚。
莫道功名何日就，
春山雨后看云烟。

2025 年 2 月 7 日

樱花

春风春雨春意浓,
樱花盛开层叠重。
仁化樱花漫山开,
粉红粉白云霞观。
千娇百媚迎宾客,
万种风情醉客情。
游人花丛争停驻,
笑语欢声藏不住。

2025年2月7日

赏李花

二月桂峰李花盛，
漫山遍野雪白逢。
网络直播客徜徉，
游人如织驻足赏。
妩媚多姿人欲醉，
玲珑剔透笑颜对。
如今李花如故友，
而后再逢对饮酒。

2025年2月8日

春望

春雷回荡启新篇,
万物向荣竞向前。
雨打千山添壮气,
云开万象展长天。
休言险阻征程远,
且踏芳菲步履坚。
逐梦何须愁白发,
东风拂面正无边。

2025年2月8日